句集 色変へぬ松

柴田長次

文芸社

柴田長次句集

色変へぬ松

目次

平成二年（一九九〇年）

■長谷近太郎先生選――入選第一号

とんび鳴く望《ぼう》岳《がく》の里蕗《ふき》の薹《とう》

（「俳句」〈『ショッパー』東京新聞社〉）

■草間時彦先生選

セビリアの理髪師も居《お》り虫の声

〈「俳句」〈『週刊文春』〉〉

飛行雲音なく伸びる秋の空

■清崎敏郎先生選評

真青に晴れあがっている秋の空である。そのただ中を、ぐんぐんと伸びていく、一筋の白い雲がある。だれも見なれているところだが、まことに、印象が鮮明である。「音なく」という語が、ぴったりとして効果的だ。

（「読売俳壇」〈『讀賣新聞』〉）

平成三年（一九九一年）

■長谷近太郎先生選評

影婆《ば》娑《さ》と蕎《そ》麦《ば》屋の障子大《おお》西《にし》日《び》

〈婆娑〉とは物の散り乱れることをいう。障子に映る物ものが影絵のように。

（「俳句」〈『ショッパー』東京新聞社〉）

■桂　信子先生選評

犬連れて道を急ぐ子雛祭

いろいろのことが想像される。たぶん雛祭にその子も加わるつもりで日課の犬の散歩も上の空ではないか等と――。

（「産経俳壇」〈『産経新聞』〉）

平成三年

■原　裕先生選評

我を呼ぶ声風に乗りお中日《ちゅうにち》

「我を呼ぶ声」は人の声ばかりではない。それらが四辺に快くひびくのをおぼえる。「風に乗り」にそれが出ている。

（「産経俳壇」〈『産経新聞』〉）

■岡本　眸先生選評

梅雨晴《つゆばれ》の影くろぐろと八重葎《やえむぐら》

いわゆる季重なりの句だが、二季語相俟《ま》って、油のような梅雨晴れの暑気を描き出している。

（「毎日俳壇」〈『毎日新聞』〉）

美術館出《い》でて絵に似る薄《すすき》かな

■塩田丸男先生選評

一時間もいろんな絵を見ていると、ほんとうにボーッとしてしまうものですね。だから外に出て現実の眺めに出くわすと、妙な錯誤感に襲われる。薄《すすき》を見た柴田さん、どんな美術館だったのか、どんな絵をみてきたのか、確かめてみたい気がする。

（「サンデー俳句王」〈『サンデー毎日』〉）

平成四年（一九九二年）

かへりばな振り向けばなし昼の月

■遠山陽子先生選評

はかなげな風情《ふぜい》が漂う。あえかにあえかにと言葉を選んで作り上げられた一句。

（「文園」〈『毎日新聞』多摩版〉）

昼飯は鱚《きす》の天ぷら古書の街

■高橋章子先生選評

キス天定食にしても、古本街をブラリするひとときを、グンとイキなものにしてますものね。カマキリ天ぷらだったりしたら、ちょっとヤダ。

〈「サンデー俳句王」〈『サンデー毎日』〉〉

青信号渡ればそこに梅の花

■原　裕先生選評

青信号でいつもの往断歩道を渡りきったら眼前に梅の花が咲いていた。という甚だ明解な作品であるが、この句はそれだけでない魅力がある。即ち「青信号」のイメージが指し示す日常性・安全性と、春告花の「梅の花」のもつ季節感が一体となり読者をとらえるのである。この「明解さ」「新鮮さ」は作句という詩型を支える基本であることに思い到る。

（『俳句四季』〈東京四季出版〉）

見《み》下《お》ろしに代《しろ》田《た》三枚蛙《かわず》鳴く

■清崎敏郎先生選評

ややも高みから、田圃、畑を見下ろしているというところ、殊に、畑の中の代田が目についたのである。そして、その代田の中で鳴いている蛙の声が、耳についた。ごく平凡な景を描いているのだが、不思議に生き生きとしているのは、実感の裏付けのあるためだろう。

（「読売俳壇」〈『讀賣新聞』〉）

平成四年

■石原八束先生選評

さざ波にきらめく夕日鉦《かね》叩《たたき》

湖畔とか波の静かな河の岸辺の光景。さざ波に夕日がきらめく眩惑の中で、鉦叩の声を聞く詩的陶酔。

（「東京俳壇」〈『東京新聞』〉）

平成五年（一九九三年）

■岡田日郎先生選評

取入れのすみし畑《はたけ》におけら鳴く

平明にして実体がよく表現された。即物具象は俳句表現の基本。

（「よみうり文芸」〈『讀賣新聞』多摩版〉）

■金子兜太先生選評

むなしくも帰燕《きえん》の空をしゃぼん玉

燕が帰ったあとの空のむなしさ。その空に漂い消えてしゃぼん玉は、そのむなしさをいっそう募らせるばかり。

（『NHK趣味百科　俳句』）

煙突の煙ゆるがぬ寒暮かな

■遠山陽子先生選評

寒暮の景を印象鮮明に切り取ってみせた。

（「文園」〈『毎日新聞』多摩版〉）

■遠山陽子先生選評

竹藪の奥に猫の目寒《かん》の入《いり》

うす闇に光る猫の目に、寒気を予感する作者。

（「文園」〈『毎日新聞』多摩版〉）

野地蔵の頰《ほお》に夕日や日脚《ひあし》伸《の》ぶ

■野沢節子先生選評

野地蔵という言葉が夕日に照応して、早春の日差しをよく伝えている。十七字のどの言葉もよく選ばれていて、のびやかな作品である。四季の変り目ほど俳句にぴったりした季は少ない。

〈「とうでん俳句倶楽部」〈『文藝春秋』〉〉

除雪車をおがみて老婆歩き出す

■能村登四郎先生選評

豪雪になやむ地方の雪掻に冬毎に苦労している老婆が除雪車を見て思わずの所作かも知れない。

（『俳壇』〈本阿弥書店〉）

平成五年

入《いり》相《あい》の鐘鳴る銀座花冷えて

■岡田飛鳥子先生選評

築地辺りからの鐘の音であろうか。モダンな銀座に漂う、古風な花冷えの風情。

（「俳句」〈『ショッパー』東京新聞社〉）

■遠山陽子先生選評

対岸の靄《もや》の中なる立《たち》葵《あおい》

しっかりとした叙景句。「対岸」の一語で、あたりの景がひろがって見える。遠景の靄の中に見える立葵は美しい。

（「文園」〈『毎日新聞』多摩版〉）

遠《とお》蛙《かわず》金星一つまたたけり

■岡田日郎先生選評

大らかな景。単純化が成功した。単純化は大切、単調は不可と心得られたし。

（「よみうり文芸」〈『讀賣新聞』多摩版〉）

■遠山陽子先生選評

油《あぶら》照《でり》油蟬また鳴きしきり

油という語を重ねることで、じっとりとした暑さを表現している。技巧的な一句。

（「文園」〈『毎日新聞』多摩版〉）

ワープロの手紙に紅葉添へてあり

■吉行和子先生選評

こういうのならいいな、と思って、まだ割り切れない私としては、ほっとします。

（「サンデー俳句王」〈『サンデー毎日』〉）

小春日やたらひの水を飲むあひる

■遠山陽子先生選評

何気ないところに、いかにも小春日らしい景を発見している。

（「文園」〈『毎日新聞』多摩版〉）

平成六年（一九九四年）

■野中亮介先生選評

蛙《かわず》鳴く代田《しろた》に隣る幼稚園

これもまた楽しい句となっている。蛙が一匹ゲロゲロ、また一匹ゲロゲロ。あれ？　うるさいのは蛙じゃなかったの。太郎君に次郎君、そこでウロウロしているのは三郎君かな。はい、みんなお席に着いてくださいね。あれ、そこでお尻をだしているのはしんちゃんじゃないの。こうなると子供は天使なんて言ってられない。しんちゃんのお尻を追い回す幼稚園の先生の悲鳴が聞こえるようだ。蛙がゲロゲロ、しんちゃんがお尻をぶらぶら、あっかんベー。こらーどこいくの。幼稚園の先生の雄叫《おたけ》び（？）が風になびく田圃の面に響くのである。

（「俳句こころ遊び」〈『週刊小説』実業之日本社〉）

枯枝に四《し》温《おん》の雲の大きかり

■藤田湘子先生選評

枯枝と四温にはじめ違和感があったが、だんだんと四温のおもいが濃くなった。

（「よみうり文芸」〈『讀賣新聞』多摩版〉）

岬《こう》端《たん》に単車あらはる雲の峰

野中亮介先生選評

原句の上五《かみご》は「てっぺんに」であったが「岬端に」に添削させていただいた。句に詠《よ》まれた、言い換《か》えると作者の言いたいことが、はっきりと読者の心に伝わることは重要である。作者の心の映像が俳句という媒介《ばいかい》を通して読者の心にはっきりと像を結ぶことが大切なのだ。わたしはこれを「景の復元力」と呼んでいる。作者と読者の心の映像が絵を重ね合わせるようにピッタリ一致したとき寸鉄の力を持つ。岬端の場所を設定することによって潮の匂いも波のざわめきも感じられ、句の背景が広がる。下五の「雲の峰」も生きてくるというものだ。

〈「俳句こころ遊び」〈『週刊小説』実業之日本社〉

昼顔の葉っぱドレミファ金網に

■藤田湘子先生選評

金網を五線に見立てて、葉を音符に感じているのである。誰にも作れる方法ではないが、時にはよいか、とおもう。

（「よみうり文芸」〈『讀賣新聞』多摩版〉）

ばった飛びかすかに揺《ゆ》らぐ草の空

■野中亮介先生選評

原句は下五《しもご》が「草の茎」であった。そのままでもよく情景が活写されているが、そこをもう一歩突き進んで、揺れる草の茎の向うに広がる青空まで描写してみたい。ばったが飛び去った余韻がいつまでも草の茎に残っている。茎の揺れは空の静止をもって把握できるのである。逆に茎を静止させれば揺れるのは青空の方となってくる。

〈「俳句こころ遊び」〈『週刊小説』実業之日本社〉〉

銀座から高尾に着けば虫の声

■藤田湘子先生選評

中七下五《なかしちしもご》は当然と思われるけれども、上五《かみご》で俄然おもしろくなった。何で、どうして、いろいろな連想が湧く。

（「よみうり文芸」〈『讀賣新聞』多摩版〉）

■高橋章子先生選評

末《うら》枯《が》れし風の音符の揺《ゆ》らぎをり

枝先、葉先が枯れた状態を〝うらがれる〟と表現することを、またもや知らなんだ私ですが、何よ、そんなもんだったら見えるわよ私だって毎日。しかし「末枯」の投句の数々に見られるさまざまな視点のすばらしさ。たかが枯れかかった一葉のはっぱに寄せる感受性のサエ方にタカハシは深く感激すると共に、「しまった、毎日見ていゝるのに実は何も見ていゝなかっゝた」と深く反省するのだった。明日からは穴のあくほど見てやる―何を感じるのか、がモンダイだが。

（「サンデー俳句王」〈『サンデー毎日』〉）

小《しょう》雪《せつ》や野《の》路《じ》をよこぎる兎《うさぎ》の子

■遠山陽子先生選評

小雪とは、二十四節気の一つ。ふいに目の前をよこぎった兎の子に、これから寒さに向かおうとする季節を感じたのである。兎の子に配する小雪という語感がいい。

（「文園」〈『毎日新聞』多摩版〉）

平成七年（一九九五年）

■岡田飛鳥子先生選評

曇天に日《にち》輪《りん》覗《のぞ》く寒さかな

曇り空からわずかに漏る日差しが、かえって寒さをそそるように思える、冬の日。

〈「俳句」〈『ショッパー』東京新聞社〉〉

夏霧や橋に出合ひし乳母車

■野中亮介先生選評

何でもない句として素通りしがちな作品であるが、簡単な作りの中にも周到な配置が窺《うかが》える。乳母車に夏霧を配することで、爽快な乳の香を思うし、橋を据《す》えることで川の瀬音や避暑を味わうことができる。

〈「俳句こころ遊び」〈『週刊小説』実業之日本社〉〉

■遠山陽子先生選評

大寒や鶏鳴起こる小学校

するどい鶏の声が寒気のきびしさを感じさせる。小学校からきこえてくるというところに、近づく春を予感させるものがあり面白い。

（「文園」〈『毎日新聞』多摩版〉）

春雨や波紋の立たぬ老いの胸

■野中亮介先生選評

原句は「波紋の見えぬ水溜り」であったが、これでは単に春雨の説明に終わってしまふ。もっと句意に広がりを持たせることも勉強だ。

（「俳句こころ遊び」〈『週刊小説』実業之日本社〉）

■倉橋羊村先生選評

紅白の盆梅ゆかし喫茶店

八王子にそういう喫茶店があるのだろうか。入ってみたい感じの店である。

(「よみうり文芸」〈『讀賣新聞』多摩版〉)

公園の出口ひっそり木瓜《ぼけ》の花

■石　寒太先生選評

「出口」がよかったんですね。入口だったら、これほどの句にはならなかったでしょう。公園をひと廻りしてきて、「出口」のところまできたら、そこには「木瓜の花」がひっそりと咲いていたのです。他の花ではだめです。木瓜で生きました。

〈「頭を鍛える俳句塾」〈『ほんとうの時代』ＰＨＰ研究所〉〉

■倉橋羊村先生選評

立ち寄れる店に目刺の焼く匂ひ

食事時だったことに気付くのだ。むろん目刺を売る店ではない。うまい句。

（「よみうり文芸」〈『讀賣新聞』多摩版〉）

霞立つ大河原より貨車過ぎぬ

■野中亮介先生選評

寸時瞬間をうまく捉えた作品であり、霞の中からまだ遠くだろうと思っていた汽車が、いきなり眼前を過ぎていった驚きも合わせてよく表現されている。

〈「俳句こころ遊び」〈『週刊小説』実業之日本社〉〉

平成七年

■岡田飛鳥子先生選評

鴨引きて川面《かわも》に映《うつ》る茜雲《あかねぐも》

カモが北へ帰ってしまった川を、夕焼け雲が赤々と染めて、むなしさをそそる。

（「俳句」〈『ショッパー』東京新聞社〉）

山鳩の啼く切り通し竹の秋

■野中亮介先生選評

「竹の秋」というと俳句をなさっておられない方は、正直に秋の季語として考えられるだろうか。そこを狙ってよく大学入試問題に出されるもののひとつである。竹は春のうちに地下ふかく筍《たけのこ》を育てているから、ちょうど妊娠している母親が胎児にカルシウムをはじめとする栄養分を取られるのと同様に、竹自身も養分を取られ、葉が黄ばんでくる。それが他の植物の秋から冬へかけての黄落、黄葉と似ているために、特別に「竹の秋」というわけである。ちなみに「竹の春」とは秋の季語である。この作品は静かにさらさらと葉を落として行く竹、やわらかな日差の満ちた切り通し、そして時おり聞こえる山鳩の声と素材をうまく吟味してあり、安寧《あんねい》な昼間の景をソフトなタッチでうまく描ききっている。

（「俳句こころ遊び」〈『週刊小説』実業之日本社〉）

■遠山陽子先生選評

春うらら気球の大き影が地に

まさに春風駘蕩。ゆったりと昇っていく気球が目に見えるよう。

（「文園」〈『毎日新聞』多摩版〉）

■野中亮介先生選評

外灯の見え隠れせる新樹かな

よく省略の効《き》いた作品である。おそらくは勤めを終えられての家路につかれてからの作ではなかろうか。地下鉄やバス停からわが家までは数分の徒歩の道のりである。冬などはこの数分が実に嫌なもので、周囲のことなどあまり気にせず、というよりその余裕もなく一目散なのだが、新樹のころとなるとやや汗ばむぐらいの日もあろう。駅を降りての帰路、重い背広を脱ぎ片手に持って、もう一方の手でネクタイをゆるめ、ワイシャツの第一ボタンをはずすと、いかにも初夏の風である。軽い歌でも出そうな気分である。そうした気持が中《なか》七《しち》に溢れていることが窺えよう。作者はその外灯のひとつひとつに幸せを感じているのだ。そして最後の一灯こそご自分の目指す幸福のひとつなのである。初夏らしい爽快な心情を感じさせてくれる一句である。

（「俳句こころ遊び」〈『週刊小説』実業之日本社〉）

囀《さえずり》や遠くかすかに山鳩も

■倉橋羊村先生選評

囀りに遠くの鳥の声を配した句は珍しい。その効果がみごとに出ているのだ。

（「よみうり文芸」〈『讀賣新聞』多摩版〉）

コスモスや遠くに覗く海の色

■野中亮介先生選評

柴田さんはいつも美しい句作りをなさる方である。詠法《えいほう》にしても叙景《じょけい》にしても乱暴なことがない。これは一作者としてすでにしっかりとした自分の型を持っておられるということで、大変すばらしいことである。今回の作もその例に漏れず美しい。下五《しもご》を「海の紺」とせず「海の色」としたところに手柄がある。それだけ色の世界―紺、藍《あい》、緑、白、夕焼時の赤など―が広がりコスモスとうまくマッチするからだ。

〈「俳句こころ遊び」〈『週刊小説』実業之日本社〉〉

草いきれ婦人ばかりの草刈隊

■原子公平先生選評

夏草を刈り取っていく草刈女の艶っぽい熱気が、草いきれに混じってむせかえるような感じで伝わってくる。

（「産経俳壇」〈『産経新聞』〉）

虫の音《ね》や絵本は虫に笛太鼓

■野中亮介先生選評

楽しくも明るく、読んでいるこちらまで歌でもつい口ずさみそうになってしまう。子供さんに絵本でも読んであげておられるのであろうか。少し冷たくなった夜風に扉も少し閉めておく。それなのにこの虫の音、リーン、リーン。ガチャガチャ。スイッチョン。とこれまた楽しいこと。それもそのはず、絵本に描いてある虫には笛や太鼓が与えられているではないか。だからこんなにもすばらしく演奏できるんだ—と子供さんは思っているに違いない。メルヘンチックな世界を自らの環境にまで引き寄せて一句にまとめ上げられた手腕は実に見事なものである。

〈「俳句こころ遊び」〈『週刊小説』実業之日本社〉〉

■倉橋羊村先生選評

風《かざ》花《はな》や先行く狆《ちん》の鈴の音

ペットとして登場する狆は、日本ではかなり古い。ちらちら風花が舞うのだ。

（「よみうり文芸」〈『讀賣新聞』多摩版〉）

発掘の土盛り上がり虎落笛《もがりぶえ》

■石　寒太先生選評

古代の遺跡を発掘する現場でしょうか。まだ調査の途中なので、掘り出された土を、そのまま盛り上げてあるのでしょうね。そこを、冬の寒い風が音を立てて通り抜けてゆくのです。「虎落笛」という季語が、いっそう寒さをつのらせています。

〈「頭を鍛える俳句塾」〈『ほんとうの時代』ＰＨＰ研究所〉〉

遠ざかりゆく高笑ひ秋の暮

■岡田飛鳥子先生選評

笑ひ声が遠ざかってゆくにつれて、濃くなる暮色と寂しさが身を包む秋の暮れ。

（「俳句」〈『ショッパー』東京新聞社〉）

わが影の薄ぼんやりと冬に入る

■遠山陽子先生選評

地面にうつる自分の影を見るにつけても、冬に入って日差の薄くなったことを感じるのである。

（「文園」〈『毎日新聞』多摩版〉）

平成八年（一九九六年）

高層の上に起重機鳥渡る

■野中亮介先生選評

この句のよろしさは視覚的な動きを見せてくれている点であろうか。作者は道路に立っていて遥かな高層ビルを眺めている。その上に起重機があるではないか！　そして、さらにその上を鳥が渡っていく。自然の偉大さ。

（「俳句こころ遊び」〈『週刊小説』実業之日本社〉）

なんとなくはなやぐ夕日日脚伸ぶ

■岡田飛鳥子先生選評

だんだんに日も長くなってきたころの、夕日の明るさ。もうそこまで春がきて。

（「俳句」〈『ショッパー』東京新聞社〉）

園児らに添ふ着ぶくれの影法師

■野中亮介先生選評

久々に少し添削をやってみたので、添削講座ではないが、その過程をお見せしよう。まず原句は「着ぶくれし園児らに添ふ影法師」であった。まず発見のよろしきを頂いた。すぐ入選の丸印を付けたのだが、どうもすっきりとしない。どこがいけないのだろうか。第一に考えられるのは句調といいますか、リズムが一本調子である点。そして「着ぶくれ」が園児らに掛かりすぎている点である。むしろ、この後者の方がマイナス効果が高いのではないだろうか。「子供は風の子大人は火の子」と昔から言われているじゃありませんか。どうしても園児がまるまると着ぶくれている姿などは考えにくいと思う。そこで、着ぶくれているのは子供達をお迎えにでもやってきた母親としたらどうだろうか。「添ふ」の二字をもって一層の広がりを出したいと思ふのである。

まるまると着ぶくれたお母さんの周りで元気に跳ね回っている園児達の姿が浮かんでこよう。園児のみにスポットを当てた一元俳句ではなく、言外にもっと余情を見せる句作りを考えれば、柴田さんは実力派の方だけに一層飛躍が望めると思う。

（「俳句こころ遊び」〈『週刊小説』実業之日本社〉）

■遠山陽子先生選評

白梅の上に白雲夕霞《ゆうがすみ》

ただただ白くかすんで、まさに春の物憂い気分。

（「文園」〈『毎日新聞』多摩版〉）

■野中亮介先生選評

寒雀二羽もろともに飛び立てり

「寒雀《すずめ》」をあつかった句としては少々珍しい発見をされている点を頂いた。寒中は雀も寒いのであろうか、じっとうずくまっていることの方が多いのであるし、一匹狼《おおかみ》ならぬ一羽雀とでもいおうか、ピョンピョンと跳ねて庭先などで遊んでいるのをよく見かけることがある。気が合ったとでもいうのだろうか、その中の二羽が、寒中の青空に向かって飛び立って行ったのである。珍しい光景を発見された点を評価したい。

〈「俳句こころ遊び」〈『週刊小説』実業之日本社〉〉

清《せい》明《めい》や雨後の舗《ほ》道《どう》に塔の影

■遠山陽子先生選評

清明とは二十四気の一つで、陽暦四月五日ごろの万物清らかではつらつとした様を呼んだもの。これは、この季語の効果を十分に生かして仕上げた一句。

（「文園」〈『毎日新聞』多摩版〉）

■野中亮介先生選評

ぱらぱらとこぼるる影や寒雀

　この句は季語の核心を実にしっかりと言い切っている。季語は俳句の命、しかも、言い切るということは力である。命そのものを力溢るる詠《よ》みぶりでとらえた、という点で大いに評価したい。柴田さんの俳句は見事にツボを心得ておられ、奇をてらうというか、読者を驚かせてやろうというようなところがないのがいい。庭にぱらぱらと降り立つ影に寒雀を重ね合わせられた温かい描写の目を今後ともますます磨き上げてください。

（「俳句こころ遊び」〈『週刊小説』実業之日本社〉）

高みよりほら貝の声山笑ふ

■上田五千石先生選評

修験の「山」も「笑ふ」時節になった。「ほら貝の声」が「高みより」ほがらに。

（「よみうり文芸」〈『讀賣新聞』多摩版〉）

■石原八束先生選評

禅寺と道をへだてて麦の秋

〈麦の秋〉もこの邦《くに》には少なくなったが、禅寺の前にそれが広がる風景のあるとは！

（「俳壇」〈『日本経済新聞』〉）

■大峯あきら先生選評

日の当たるしじまにかすか鉦叩《かねたたき》

鉦叩は夜でも姿を見ること稀《まれ》な虫。その鉦叩のかすかな声を、何と日の当たる昼の草むらに聞いたのだ。

（「毎日俳壇」〈『毎日新聞』〉）

■塩田丸男先生選評

飲み仲間酒《しゅ》肆《し》の屋上月見酒

屋上で飲ませてくれる酒屋さんてどんなでしょうね。一度、行ってみたい。

（「サンデー俳句王」〈『サンデー毎日』〉）

■上田五千石先生選評

柿買《こ》うて一句を得たる子規忌かな

「柿」好きの「子規」の「忌」の「一句を得た」のも「柿買」えばこそ。

（「よみうり文芸」〈『讀賣新聞』多摩版〉）

秋の日の並木の影を拾ひゆく

■遠山陽子先生選評

秋の濃い日差しが、木の一本々々の影を鮮明に地に落としている。その道を歩いて行く快さがよく表現されている。

（「文園」〈『毎日新聞』多摩版〉）

行《ゆく》秋《あき》やところどころに夕《ゆう》茜《あかね》

■大峯あきら先生選評

大夕焼ではなく、夕雲のところどころが茜色に染まっているのである。まさしく行秋の空。

（「毎日俳壇」〈『毎日新聞』〉）

ねんねこのぬくさや負ふも負はるるも

■上田五千石先生選評

「子守半纏」。「負ふ」子も「負ふ」者も「ぬく」い。一挙両得。一身一体。

（「よみうり文芸」〈『讀賣新聞』多摩版〉）

平成九年（一九九七年）

■遠山陽子先生選評

寒鯉のひそむ気配《けはい》や宮の池

寒気の中に森閑と静まり返っている境内の雰囲気が伝わってくる。

（「文園」〈『毎日新聞』多摩版〉）

■小沢昭一先生選評

イタリアの旗や銀座に風光る

柴田さん――近頃の銀座。いいですよネ。

（「俳壇」〈『日本経済新聞社』〉）

■遠山陽子先生選評

風光る丘を下《くだ》れば幼稚園

春光の中、幼な児たちのはずむ声までが聞えてきそうな明るい句。

（「文園」〈『毎日新聞』多摩版〉）

無人駅降りて歩けり村の春

藤田湘子先生選評

無人駅は俳人の好きな対象であるけれど、たくさん詠《よ》まれる割には佳句が少ないなァ、と思っていた。だが、これはなかなか楽しい句だ。とくに「村の春」に牧歌的な安らかさとかがやきがあって、「そう、これがほんとうの無人駅だ」と思う。ちかごろは村の春のような言い方が減って、芸のない春の村、夏の何々的な言葉がふえているが、京の春、牧の春、島の春、山の春、窓の春、といった用例が「ホトトギス雑詠選集」に見える。先人の知恵だ。見習うべきであろう。

〈『俳句研究』〈富士見書房〉〉

平成九年

夕霧や狆《ちん》の首輪の鈴の音

■石　寒太先生選評

どこかの避暑地にでも来ていたのでしょうか。夕霧の中へ消えていった、犬の狆の首輪につけてある鈴の音が、遠くから響いてきます。「夕霧」という季語がよく効《き》いています。狆という犬の種類もいい。「輪」をよく生かしました。

（「頭を鍛える俳句塾」〈『ほんとうの時代』ＰＨＰ研究所〉）

鶴《つる》来《きた》り新幹線の上飛べり

■遠山陽子先生選評

現実に頭上を飛ぶ鶴を見たら、さぞ感動することだろう。新幹線との取り合わせは新鮮。

（「文園」〈『毎日新聞』多摩版〉）

平成十年（一九九八年）

ベンチにて耳を澄《す》ませば木《こ》の葉《は》雨《あめ》

■大津希水先生選評

木の葉のしきりに散るさまを「木の葉雨」「木の葉時雨《しぐれ》」などという。昔から万木凋落《ちょうらく》の冬の詩として詠《よ》まれている。「落葉置く小公園のベンチかな」と別の句もあるので、公園のベンチにかけた作者の一と時。此の句は耳に聞こえる落葉の音と言うより、心耳にとらえられた木の葉の時雨なのだ。

（「俳句」〈『大法輪』〉）

新しきおもちゃ浮かべし初湯かな

■石　寒太先生選評

「新しきおもちゃ」というところに、新年の嬉しさが感じられますね。お年玉で買ったのかもしれませんね。平凡ながら幸せな一家族の風景がよく見えてきます。単に「おもちゃ浮かべて」でなく「新しき」といったところがめでたい。

〈「頭を鍛える俳句塾」〈『ほんとうの時代』ＰＨＰ研究所〉〉

■岡田日郎先生選評

電柱の上より声す冬日和《ふゆびより》

突然、思いがけないところからの人声。「電柱」の上での作業。「冬日和」の季題によって整った。

（「よみうり文芸」〈『讀賣新聞』多摩版〉）

■岡田飛鳥子先生選評

枯《かれ》蔓《つる》を引けばぽきりと昼の月

引いた枯れづるの折れた音が、昼月のぽっかりと浮かんださまにも相通じる趣《おもむき》。

〈「俳句」〈『ショッパー』東京新聞社〉〉

日当たりてありかのしるし冬苺《いちご》

■松澤　昭先生選評

冬苺の鮮烈な色彩感がものの見事に描写されているし、更に〝ありかのしるし〟とは心理屈折のインパクトもあって大変ユニークな措辞《そじ》となっていて達者な一句。

（『俳句四季』〈東京四季出版〉）

むささびの横ぎる山を登りけり

■岡田日郎先生選評

事実を端的に表現したよさ。行く手にたしかに「むささび」が「横ぎ」った臨場感が出た。そこがいい。

（「よみうり文芸」〈『讀賣新聞』多摩版〉）

■岡田飛鳥子先生選評

陽炎《かげろう》や同級会の通知受く

かげろうの中から現われるように、懐《なつ》かしい顔が次々に思い浮かぶ、同級会通知。

（「俳句」〈『ショッパー』東京新聞社〉）

郵便はがき

恐縮ですが
切手を貼っ
てお出しく
ださい

160-0022

東京都新宿区
新宿1－10－1

(株) 文芸社

ご愛読者カード係行

書　名				
お買上 書店名	都道 府県　　市区 郡　　書店			
ふりがな お名前			大正 昭和 平成　年生　歳	
ふりがな ご住所	□□□-□□□□			性別 男・女
お電話 番　号	（書籍ご注文の際に必要です）	ご職業		
お買い求めの動機 1. 書店店頭で見て　2. 小社の目録を見て　3. 人にすすめられて 4. 新聞広告、雑誌記事、書評を見て（新聞、雑誌名　　　）				
上の質問に 1. と答えられた方の直接的な動機 1. タイトル　2. 著者　3. 目次　4. カバーデザイン　5. 帯　6. その他（　　）				
ご購読新聞　　新聞	ご購読雑誌			

文芸社の本をお買い求めいただき誠にありがとうございます。
この愛読者カードは今後の小社出版の企画およびイベント等の資料として役立たせていただきます。

本書についてのご意見、ご感想をお聞かせください。

① 内容について

② カバー、タイトルについて

今後、とりあげてほしいテーマを掲げてください。

最近読んでおもしろかった本と、その理由をお聞かせください。

ご自分の研究成果やお考えを出版してみたいというお気持ちはありますか。

ある　　ない　　内容・テーマ（　　　　　　　　　　）

「ある」場合、小社から出版のご案内を希望されますか。

する　　しない

ご協力ありがとうございました。

〈ブックサービスのご案内〉

小社書籍の直接販売を料金着払いの宅急便サービスにて承っております。ご購入希望がございましたら下の欄に書名と冊数をお書きの上ご返送ください。　（送料1回210円）

ご注文書名	冊数	ご注文書名	冊数
	冊		冊
	冊		冊

囀や鈴の音して狆《ちん》の顔

■高橋睦郎先生選評

金や銀の鈴をふるような百千鳥《ももちどり》の囀りの中、ひときわ麗わしい鈴の音がして、見ると狆の顔がそこにあった。宋の徽宗皇帝の作に見るような一幅の絵。

（「俳句」〈『オール読物』〉）

外灯に橋のたもとの新樹かな

■岡田飛鳥子先生選評

外灯に映えて橋畔に立つ「新樹」。照明、場所柄がみずみずしさを際立たせる。

〈「俳句」〈『ショッパー』東京新聞社〉〉

茄子《なす》苗の根づきてしゃんと雨の中

■黒田杏子先生選評

雨脚の中でしっかりと根付いて立つ茄子の苗の美しさがしっかりと描写されている。

（「俳壇」〈『日本経済新聞』〉）

平成十年

林《りん》立《りつ》の栗の花かな波打てる

■廣瀬直人先生選評

この花の強烈な匂いもさることながら、房状の花が隙間なく垂れて咲く景は独特です。「林立」を受けて「波打てる」と応じた表現に折柄の吹きわたる風の様子も見えてきます。

（「産経俳壇」〈『産経新聞』〉）

白岩三郎先生選評

曾《そう》遊《ゆう》の浜辺残れり土用波

かつて訪れたことのある浜は当時と変っていない。ただ今日は土用波が荒々しい。

（「むさしの俳壇」〈『東京新聞』多摩版〉）

藻《も》の花の咲く川岸や舟もやふ

■岡田日郎先生選評

一ぷくの日本画を見るような趣《おもむき》。要点を端的に表現したところがいい。

（「よみうり文芸」〈『讀賣新聞』多摩版〉）

終戦日暮れてなほ鳴く法師蟬

■棚山波朗先生選評

日が暮れてもなお鳴き続ける法師蟬がどことなくもの寂しい。終戦日のせいか。

（「むさしの俳壇」〈『東京新聞』多摩版〉）

道の辺の野菊を摘《つ》んで酒肆《しゅし》に寄る

■冨士眞奈美先生選評

柴田さんのこのロマンチシズムが、祭り囃子《ばやし》に乗って私を魅《ひ》き寄せたのね、きっと。酒肆に寄るだなんて気取っちゃって、つまり、ちょっと小奇麗なママのいる居酒屋へふらりと入ってったんでしょ、なんて身もフタもないことをいってはいけない。俳句なのだ、風流心なのだ。堂々たる格調の高さで今週の俳句王である。

（「サンデー俳句王」〈『サンデー毎日』〉）

めいめいの終戦日かな夜半《よわ》の酒肆《しゅし》

■遠山陽子先生選評

八月十五日。酒場でひとときを楽しんでいる人々の胸には、口には出さずとも、それぞれ異なる終戦日への思いがあるのだ。

(「文園」〈『毎日新聞』多摩版〉)

襟にとまりて馬追の鳴かざりき

■黒田杏子先生選評

素朴《そぼく》かつ繊細《せんさい》な作品となっているところに魅力がある。子供のような純心な作者である。

（「俳壇」〈『日本経済新聞』〉）

色変へぬ松を飛び立つ鴉かな

■棚山波朗先生選評

大方は紅葉する中で色変えぬ松はいかにも清々しい。見慣れた鴉にも親しみが持てる。

(「むさしの俳壇」〈『東京新聞』多摩版〉)

■遠山陽子先生選評

枯野行く石油列車や大入日《おおいりひ》

石油タンクを載せた長い列車が、大きな夕日を背景に枯れ野を走る。景としてもよいところを捕えているが、ふとした不安感を感じさせるところを狙っているとしたら、それも成功しているようだ。

（「文園」〈『毎日新聞』多摩版〉）

焚《たき》火《び》して丸太をくべる庭師かな

■岡田日郎先生選評

「庭師」のような人は「焚火」上手でもある。その様子が目の前に見えるようだ。そこがいい。

〈「よみうり文芸」〈『讀賣新聞』多摩版〉〉

平成十一年（一九九九年）

居眠りのさめて車窓に冬の波

■草間時彦先生選評

居眠りがさめると、列車は海のほとりを走っていた。車窓一杯の波。冬特有の暗い色の海である。私は思わず「海だ」と呟いた。

（「俳句」〈『週刊文春』〉）

都庁なる展望室や初日の出

■遠山陽子先生選評

東京に昇る初日を、都庁の高階から拝する。都民の一人として感慨深く、一際美しく眺められたことであろう。

（「文園」〈『毎日新聞』多摩版〉）

■皆川盤水先生選評

夕暮れや湖畔の芦火《あしび》あざやかに

夕昏れてきた芦火の美しさに作者の満足感が素直にでていた。

（『俳句四季』〈東京四季出版〉）

献血の呼び声駅に去年《こぞ》今年

■白岩三郎先生選評

慌《あわ》ただしい年末の駅頭での景。不足している輸血用の血液は、市民の善意に頼る他ない。

（「むさしの俳壇」〈『東京新聞』多摩版〉）

■藤田湘子先生選評

昇降機冬の山並見えてきぬ

こういうエレベーターがいろいろある。風景を見、季節を感じる一瞬。

（「よみうり文芸」〈『讀賣新聞』多摩版〉）

寒薔薇を切る音路地に響きけり

白岩三郎先生選評

「寒薔薇」の語感が「響きけり」と照応している。かりに冬薔薇だとその違いが分かる。

（「むさしの俳壇」〈『東京新聞』多摩版〉）

■小松方正先生選評

空《あき》缶《かん》を水車に仕立て春の川

雪解け水がさらさらと流れる小川に缶詰の空缶で水車をつくってはしゃぐ様子が目に浮かびます。今週の俳句王です。

〈「サンデー俳句王」〈『サンデー毎日』〉

■岡田飛鳥子先生選評

旅先の酒肆《しゅし》に聞きけり雪起し

「雪起し」は、雪が降る前兆の雷。旅先の酒屋で聞くこの雷が、旅情を深める。

（「俳句」〈『ショッパー』東京新聞社〉）

屋上に出て初富士の真っ昼間

■古館曹人先生選評

屋上に上ると、初富士が眼に飛び込んでくる。富士を拝むとは近ごろ、冬だけ。しかも真っ昼間。

（「東京俳壇」〈『東京新聞』〉）

■白岩三郎先生選評

山裾を行く乳母車《うばぐるま》木の芽晴

木々が芽吹く山裾を乳母車が行く。おだやかな暖かい日であろう。背後の山が眩しい。

（「むさしの俳壇」〈『東京新聞』多摩版〉）

強《つよ》東《こ》風《ち》にあらがひゐたる鴉かな

■棚山波朗先生選評

強東風は東から吹く早春の強い風。その風に向かうようにして飛んでいる鴉の姿が力強い。

〈「むさしの俳壇」〈『東京新聞』 多摩版〉

利休忌や渋茶ふるまふ古書店主

■白岩三郎先生選評

陰暦二月二十八日が利休の忌日。古書好きは話題が豊富だ。利休の話に花が咲く。

（「むさしの俳壇」〈『東京新聞』多摩版〉）

寒林やまばゆき入日あらはなる

■皆川盤水先生選評

葉が枯れて落ちつくした寒林は視界が開け遠くまで見える。おりからの夕日が寒林の自然感を強調していて表現のすぐれた句となっていた。

（『俳句四季』〈東京四季出版〉）

■白岩三郎先生選評

雪嶺を遠くに望む春田かな

この句も大きく広い景色を遠近法で明瞭に表出している。げんげ田なら色彩効果も満点。

（「むさしの俳壇」〈『東京新聞』多摩版〉）

■平川翠扇先生選評

図書館へ曲る町角リラの花

リラの花はヨーロッパ原産。香気が高い。季語の妙味は、背筋を伸ばした若々しい紳士像を浮き上がらせる。

（「俳句」〈『ショッパー』東京新聞社〉）

打水やタ日にふかき影法師

■古館曹人先生選評

水を打つ人影が長々と伸びる夕方。この句の焦点は「ふかき」にある。影の濃さ、西日の大きさ。

（「東京俳壇」〈『東京新聞』〉）

山《やま》繭《まゆ》の雨《う》後《ご》の夕日にきらめける

■白岩三郎先生選評

栖や櫟《くぬぎ》などの葉を食い、やがて薄みどりの繭を作る。美しい光沢が句から想像される。

〈「むさしの俳壇」〈『東京新聞』多摩版〉〉

夕日差す街の外《はず》れや枇《び》杷《わ》たわわ

■棚山波朗先生選評

たわわに実った枇杷の黄が、夕日を受けて美しい。街の外れに意味はないが詩情がある。

（「むさしの俳壇」〈『東京新聞』多摩版〉）

風鈴のかすかに響く向かふ岸

■冨士眞奈美先生選評

風鈴のかすかに響く向かふ岸。音の距離感と現実の距離と。もしかしたら幻の音かもしれない。

〈「サンデー俳句王」〈『サンデー毎日』〉〉

袋掛遠く雪嶺連なれる

■白岩三郎先生選評

類想、類例をなしとしないが、景の拡がりがあり、甲州あたりの袋掛の様が思われる。

（「むさしの俳壇」〈『東京新聞』多摩版〉）

古書店の日除に猫のかくれけり

■藤田湘子先生選評

古書店らしい、古書店でなければいけない、というところをとらえた。

（「よみうり文芸」〈『讀賣新聞』多摩版〉）

銀行の混まぬ一と時水中花

■白岩三郎先生選評

詠《よ》まれてみると、誰にも実感としてよく分かる内容だ。その気になれば銀行も句になる。

（「むさしの俳壇」〈『東京新聞』多摩版〉）

■棚山波朗先生選評

連山を望む野道や茨《いばら》の実

茨の実は真紅に熟し、つやつやと美しい。地味な句だが対象を丁寧に詠《うた》っていてよい。

（「むさしの俳壇」〈『東京新聞』多摩版〉）

■白岩三郎先生選評

葛《くず》餅《もち》やむかひに見ゆる古本屋

事実を述べただけのようだが、「葛餅」と「古本屋」の配合が妙で、古い町並みが見える。

（「むさしの俳壇」〈『東京新聞』多摩版〉）

■棚山波朗先生選評

近道を八千草踏んで急ぎけり

八千草は秋の野に咲く草花や雑草。急いでいるため踏んで行ったわけだが、嫌味はない。

（「むさしの俳壇」〈『東京新聞』多摩版〉）

■白岩三郎先生選評

稲妻や縄文遺跡闇に浮く

稲光りの度に遺跡が照らし出される。縄文時代と同じ閃光だ。配合が巧く幻想的な句だ。

（「むさしの俳壇」〈『東京新聞』多摩版〉）

■黒田杏子先生選評

胸に当りて逃げにけり秋の蝶

秋の蝶が動かない。たしかな手ごたえを感じる句。

（「俳壇」〈『日本経済新聞』〉）

■白岩三郎先生選評

秋《しゅう》灯《とう》の点《とも》りて続く古書の市

露天で裸電球をぶら下げての古本市は、あれこれ手に取るだけでも楽しいものだ。

（「むさしの俳壇」〈『東京新聞』多摩版〉）

■棚山波朗先生選評

連山を望む畦《あぜ》道稲架《はぜ》日和《びより》

稲架日和とはうまい表現。晴れているので稲もよく乾くのだろう。連山も美しく見える。

（「むさしの俳壇」〈『東京新聞』多摩版〉）

■平川翠扇先生選評

蕎麦《そば》の花いま飛びたちし夕鴉

残映のソバ畑をねぐらへと飛びたつ高原のカラス。郷愁をさそう懐かしい光景。

（「俳句」〈『ショッパー』東京新聞社〉）

秋の蚊やラジオドラマの音低く

■遠山陽子先生選評

音を低くしてラジオドラマを聴いていると、秋の蚊の微かな羽音がよぎる。低い音を重ねてだすことで、静かさがいっそう強調されている。

（「文園」〈『毎日新聞』多摩版〉）

■七田谷まりうす先生選評

手を引かれゆく幼な児や鳥渡る

何か人なつかしく好感が持てます。

（「俳句ボクシング」〈『俳句現代』角川春樹事務所〉）

向かふから犬引く人や冬田道

■棚山波朗先生選評

冬田道は通る人も少なく、どことなく物寂しい。向う側に視点を置いたところが独創的。

（「むさしの俳壇」〈『東京新聞』多摩版〉）

先客にならひ風呂《ふろ》吹《ふき》所望せり

■倉橋羊村先生選評

あつあつの風呂吹大根は、冬の飲み屋の風物詩といえようか。先客がすでに誂《あつら》えて、箸をつけようとしている。横目でそれを眺めて、つい同じ大根煮を注文する気になった。

（「産経俳壇」〈『産経新聞』〉）

小走りに追ひ越す人や息白き

■棚山波朗先生選評

早朝の散歩の途中だろうか。白い息を吐いているのは作者自身でもある。健康的な句。

(「むさしの俳壇」〈『東京新聞』多摩版〉)

鈴音は狆《ちん》の首から冬霞

■遠山陽子先生選評

冬霞の中から鈴の音。やがて現われたのはあの愛嬌のある狆の顔だった。いかにも童画風で、ほのぼのとした感じの漂う一句。

（「文園」〈『毎日新聞』多摩版〉）

平成十二年（二〇〇〇年）

■倉橋羊村先生選評

すいすいと通し燕や五羽六羽

秋になっても帰らぬ燕をいう。練達した表現。「五羽六羽」の止め方も巧い。

（「よみうり文芸」〈『讀賣新聞』多摩版〉）

振り向けば帰り花消え昼の月

白岩三郎先生選評

淡々と咲く返り花の実体をよく捉えた句。「振り向けば」に短時間の推移が出ている。

（「むさしの俳壇」〈『東京新聞』多摩版〉）

笹鳴や夕刊しごく音のせる

■黒田杏子先生選評

二つの音の中に佇《た》つ人。その瞬間が巧まずしてとらえられている。

(「俳壇」〈『日本経済新聞』〉)

踏切に待つ乳母車《うばぐるま》日のつまる

■大津希水先生選評

幼児を乳母車にのせて用足しに出た帰り、踏切にしばし待たされた人であろう。家に帰れば為す事が待っているのに電車がなかなか来ない。踏切を待っているもどかしさのなかに日は暮れてゆく。「短日」を「日のつまる」と表現して、季節に対する心のありかたを巧みに、澱《よど》みなく詠《うた》った作品だ。

〈「俳句」〈『大法輪』〉〉

隼《はやぶさ》のケーブルの窓かすめけり

■後藤比奈夫先生選評

隼という鳥はよほど深山に入らないと見られない。隼が窓をかすめたということで、ケーブルの場所まで推定できるかも。

（『俳句朝日』）

■白岩三郎先生選評

旅先の酒肆《しゅし》に轟く雪崩《なだれ》かな

旅先なのが興趣を深めた。雪崩の轟音が店を揺がしたかも知れない。驚いただろう。

（「むさしの俳壇」〈『東京新聞』多摩版〉）

稲畑汀子先生選評

通草《あけび》買ふ故郷の山野まならに

原句もよかった。特に添削することもないが、参考までに推敲してみるとこのような一句になるという例として挙げることとする。原句は「ふるさとの山野まざまざ通草買ふ」であった。「…まざまざ…」という表現には作者の昂《たかぶ》りが感じとれる。なつかしいなあという思いが「…まざまざ…」という表現を生んだのである。その句を見て、他人の私がより客観的に表現してみると掲句になった。

（「俳壇」〈『PHP』PHP研究所〉）

はなやげり見舞の客の春の服

■白岩三郎先生選評

病気見舞いの人の服装に違和感を覚えたのだろう。一寸皮肉をこめた上五《かみご》が効《き》いている。

（「むさしの俳壇」〈『東京新聞』多摩版〉）

花林檎連山峨《が》々《が》と雪置ける

■稲畑汀子先生選評

白い林檎の花が咲き満ちて春を告げているが、背景のアルプス連山は峨々と尖りまだ雪が消えない。信州の春のただずまいが描けた。

（「信毎俳壇」〈『信濃毎日新聞』〉）

ざわめきに海市《かいし》を見たり旅半ば

■榎本好宏先生選評

海市は蜃気楼《しんきろう》のこと。「蜃」は大蛤《はまぐり》の意で、その蜃が吐く気で蜃気楼ができると、昔の人は信じていた。とくに富山湾のそれが有名で、作者は大勢の人のざわめきの中で見たのだろう。偶然に授かった眼福とも言える喜びが伝わる。

（「よみうり文芸」〈『讀賣新聞』長野版〉）

彫像のごとき子馬やまばたける

■榎本好宏先生選評

子馬はたいがい三、四月ごろ生まれるので春の季語とされる。生まれて間もない子馬の、身じろぎもしない様子を彫像のようだとみた比喩も新鮮だし、やや間を置いて「まばたける」と置いたことで、子馬自身の感動も伝わってくる。

（「よみうり文芸」〈『讀賣新聞』長野版〉）

落し文返事のことをふと思ふ

■矢島渚男先生選評

落とし文を見たら、自分にも返事を書かなければならない手紙が来ていたことをふと思ったというのである。面白い句だ。

（「俳壇」〈『朝日新聞』長野版〉）

梅雨空の垂れて触れけり高瀬川

■榎本好宏先生選評

ここで言う高瀬川は、高瀬舟で知られる京都のそれでなく、梓川、犀川に合流する高瀬川だろう。「垂れて触れけり」の強い断定によって、梅雨空の重さが見事に言い留められた。

（「よみうり文芸」〈『讀賣新聞』長野版〉）

東京へ向かふ特急雲の峰

■宇佐美魚目先生選評

何の用かは知らぬが上京というあるはなやぎ、そんな特急。やがては富士山も、快晴。

（「中日俳壇」〈『中日新聞』〉）

■榎本好宏先生選評

稜《りょう》線《せん》の真青にしるし豊の秋

今年も災害に見舞われず、豊の秋を迎えたのだろう。そんな充実した思いで四囲をめぐらす山を見渡すと、きょうは稜線までもがくっきりと見えるという。まさに自祝の一句となった。

（「よみうり文芸」〈『讀賣新聞』長野版〉）

■宇多喜代子先生選評

爽やかや町の本屋へ橋渡る

橋を渡るときに感じた秋。かすかな川風、川面に映る空、あたりの空気などが爽秋《そうしゅう》を感じさせる。「町の本屋へ」が、灯火親しむの秋、読書の秋を連想させる。「爽やか」という秋の季語がよく理解された句だ。

〈「読売俳壇」〈『讀賣新聞』〉〉

■榎本好宏先生選評

鶏鳴《けいめい》や満天星《どうだん》紅葉《もみじ》こんもりと

丸く刈り込んだ満天星は、花時も見事だが、それにも増して、真っ赤に発色する紅葉が素晴らしい。空気が澄んで鋭角的にきこえる鶏鳴と、「こんもり」の対比が妙に面白い。

（「よみうり文芸」〈『讀賣新聞』長野版〉）

しゃぼん玉母はしゃがみて子は立ちて

■宇多喜代子先生選評

子の目の高さに自分の目の高さを添えた母親。そんな母子の様子である。しゃぼん玉に興じている母と子が目の前に見えてくるような句である。

〈「読売俳壇」〈『讀賣新聞』〉

落葉掻《か》くケーブルカーの駅員等

■矢島渚男先生選評

落葉掃きを特定の場所に限定して成功している。狭いプラットホームだが、落葉は多いことだろう。

(「俳壇」〈『朝日新聞』長野版〉)

古書店で古書求めけり御命講《おめいこう》

■七田谷まりうす先生選評

十月十三日、日蓮上人の忌日法会。ゆかりの池上本門寺では十月十一日から十三日まで行う。御命講の名は大御影供《おおみえいく》がつづまってオメイクとなり、弘法大師の御影供《みえいく》と区別する都合から御命講となったもの。強い風が吹くことの多い季節だけに、夕方、万燈には未だ早いので風を避けて古書店に立ち寄ったのかも知れない。〈古書〉との言葉のリフレインが良いように思うが、逆にそこが少しウルサイとの評もあるか、と。

〈「俳句ボクシング」〈『俳句現代』角川春樹事務所〉

平成十三年（二〇〇一年）

■岸本尚毅先生選評

鶏のそばに鵯も敷松葉

上々の風景句。鳥の名前が二つ出てくるが、これがリアルで野趣のあるところ。

（「俳句ボクシング」〈『俳句現代』角川春樹事務所〉）

■藤田湘子先生選評

橋かかる村外《はず》れかな初山河

眺めのよい村外れに来て年あらたまった山河を見わたす。北アルプスが見事だったにちがいない。

（「俳壇」〈『日本経済新聞』〉）

■宇佐美魚目先生選評

なんとなく蕎麦屋《そばや》に寄れり一茶の忌

ひとりごとのつぶやきのような作、そば屋に集まる人々の顔、今日は一茶の忌。

（「中日俳壇」〈『中日新聞』〉）

■浅井愼平先生選評

小丘《しょうきゅう》に城の跡あり草青む

老青年の青春性を感じながら鑑賞させていただいた。

（「サンデー俳句王」〈『サンデー毎日』〉）

■倉橋羊村先生選評

蛙鳴く夜道をそぞろ肩車

子供を連れて出たのだが、蛙の鳴く夜道なので、ふと肩車がしたくなった。

（「よみうり文芸」〈『讀賣新聞』長野版〉）

■冨士眞奈美先生選評

菜の花を紙飛行機の越えゆけり

たぶん、菜の花の上をかつてB29が雲霞《うんか》の如く襲来した歴史を忘れず、紙飛行機に「平和」を思って詠《よ》まれたのではないでしょうか。

〈「サンデー俳句王」〈『サンデー毎日』〉〉

つと影や燕きたるか松木立

■倉橋羊村先生選評

素早くやってきた燕の姿を、瞬間に見きわめている。巧い表現の句。

（「よみうり文芸」〈『讀賣新聞』長野版〉）

■長谷川久々子先生選評

燃ゆる火の鳥居の奥や薪能《たきぎのう》

かつて春の季語であった薪能も現在では夏の季語として扱われる。明暗と遠近の妙。

（「中日俳壇」〈『中日新聞』〉）

行く手には有明山や青き踏む

■倉橋羊村先生選評

優雅な山の名前で、穂高駅から正面に聳《そび》える。この季節の安曇野《あずみの》は美しい。

（「よみうり文芸」〈『讀賣新聞』長野版〉）

■矢島渚男先生選評

きょときょとと車道を走る蜥蜴《とかげ》かな

車の合間を縫ってトカゲが道を渡っているところ。可憐。

（「俳壇」〈『朝日新聞』長野版〉）

■森　澄雄先生選評

裸婦像に水木の花の影ゆらぐ

水木は五月、小さな四弁の白い花を繖房《さんぼう》花穂をなしてむらがり咲かせ、裸婦像に影をゆらしている。美しい景だ。

（「読売俳壇」〈『讀賣新聞』〉）

■宇佐美魚目先生選評

永き日や歩く家鴨《あひる》と見る人と

アヒルの歩く姿は笑いをさそう。ああ永き日の実感と景。

（「中日俳壇」〈『中日新聞』〉）

追ふからす逃ぐるとんびや麦の秋

■倉橋羊村先生選評

近頃烏《からす》が猛威をほしいままにする。こういう光景も見られることだろう。

（「よみうり文芸」〈『讀賣新聞』長野版〉）

■宇佐美魚目先生選評

道の辺に馬頭観音新樹冷

村人が親しみをこめて拝む馬頭観音さん。今日は新樹冷え。そんな道はなつかしい。

（「中日俳壇」〈『中日新聞』〉）

子を連れし軽鳬《かる》の声かなかまびすし

■倉橋羊村先生選評

子が一羽でないだけに、かまびすしいばかりに賑やかなのだ。ベテランの表現。

（「よみうり文芸」〈『讀賣新聞』長野版〉）

碁《ご》敵《がたき》にダイヤルを押す夜長かな

■冨士眞奈美先生選評

季語に夜長を使っている方が多かったのですが、代表として、碁敵にダイヤルなさった柴田さんです。

（「サンデー俳句王」〈『サンデー毎日』〉）

■矢島渚男先生選評

登山口ベンチにありて高鼾《たかいびき》

この高鼾で寝ている人は山を下りてきた人か、それともこれから登る人か。

（「俳壇」〈『朝日新聞』長野版〉）

啄木鳥《きつつき》や林を抜けて影法師

■藤田湘子先生選評

キツツキが木を打つ音を聞きながら、林の中を歩いてきたが、林を出ると日射しをうけて自分の影法師が生まれたという意。影法師には作者の心理のかげりも感じる。

（「俳壇」〈『日本経済新聞』〉）

■倉橋羊村先生選評

道祖神の木の間に光る秋の湖

樹の間に道祖神の石像が立ち、向こうに湖が光る。いかにも秋のただずまいだ。

（「よみうり文芸」〈『讀賣新聞』長野版〉）

高みより挨拶の声松手入

■望月紫晃先生選評

庭木の整枝・剪定は晩秋の風物詩でもある。良く晴れた日に老松の上枝あたりから聞こえてくる鋏のリズムは爽やかな季節の音色である。可成り立派な古松であろう、庭師の顔も判然としないが樹下からの応答にも職人らしい口調で快い。

〈「タウン文芸」〈『タウン情報』信濃毎日新聞社〉〉

平成十四年（二〇〇二年）

餌をもらふ鴨を見てゐる鴉かな

■矢島渚男先生選評

人間と野生の鳥たちとの関係が面白くとらえられている。愛されて餌をもらっているカモ、憎まれてそれを傍観するカラス。おのずからカラスの心理を思いめぐらす。

（「俳壇」〈『朝日新聞』長野版〉）

■宇佐美魚目先生選評

風立つや音たてて降る木の葉雨

あたかも雨が降るように散る落ち葉、それが木《こ》の葉《は》雨。風が吹くと音をたててつぎつぎに降るいろいろな形の落ち葉の色。

（「中日俳壇」〈『中日新聞』〉）

■矢島渚男先生選評

電柱を頼りに進む吹雪《ふぶき》かな

大雪で道が分からなくなってしまったときは電柱が頼り。しかも吹雪ともなれば。

（「俳壇」〈『朝日新聞』長野版〉）

雪かぶり遅れて着きし列車かな

■山本洋子先生選評

大雪で遅れ遅れた列車が駅に着いた。屋根の雪がどんな猛吹雪をくぐり抜けてきたかをものがたる。「着きし列車かな」と、列車に焦点をあわせたことで、大雪でくたびれた列車を生き物のように捉えている。

（『俳壇』〈本阿弥書店〉）

残雪に昨日のおのが靴の跡

■冨士眞奈美先生選評

私も先週、井上井月《せいげつ》忌で長野の伊那市へ行ってきましたが、山にはまだ残雪があり、清澄な空気を満喫しました。残雪に昨日のおのが靴の跡、いいですね。

（「サンデー俳句王」〈『サンデー毎日』〉）

■森　澄男先生選評

残雪のあみだかぶりの道祖神

道祖神が頭にあみだかぶりに残雪をのせている。

（「読売俳壇」〈『讀賣新聞』〉）

■福田甲子雄先生選評

桑の実や機関車今は公園に

長野県北安曇の人で、桑の実に輝きが増す。国鉄時代の真っ黒な蒸気機関車が公園の隅にでんと置かれている。昭和の時代を走り抜き、この地の生糸も運んだ機関車だ。

（「読売俳壇」〈『讀賣新聞』〉）

草笛のやんで瀬音のやさしかり

■浅井愼平先生選評

情景が目に見えたし「瀬音のやさしかり」が作者の心情を伝えてきた。

〈「サンデー俳句王」〈『サンデー毎日』〉〉

リラの花まなうらにふとジャン・ギャバン

■平井照敏先生選評

シャンソンや映画に現れるパリの花といえば、リラやマロニエ。今から三十、四十年前の、甘美な青春の哀愁の花々。俳優は何よりもジャン・ギャバン。消え去ることがない。

（「よみうり文芸」〈『讀賣新聞』長野版〉）

山裾や蛍袋を打つ雫《しずく》

■藤田湘子先生選評

「山裾や」と大きな景色をまず打ち出しておいて、焦点をさっとホタルブクロに絞った。省略も技術もあざやか。

（「俳壇」〈『日本経済新聞』〉）

今年またここに咲きけり釣鐘草

■平井照敏先生選評

釣鐘草は蛍袋のこと。鐘の形の花が下向きに咲き、色はうす紫、内側に紫色の斑点がある。子どもが蛍を入れた花という。その蛍袋がいつもと同じところに咲くのだ。ようこそ。

(「よみうり文芸」『讀賣新聞』〈長野版〉)

■稲畑汀子先生選評――入選第二〇〇〇号

さくさくとなつかしき音草を刈る

自然の豊かな地に住むと夏は茂る草を刈る仕事がある。刈る音を懐かしみ励む作者の為人（ひととなり）が描けた。

（「信毎俳壇」〈『信濃毎日新聞』〉）

あとがき

終戦日古書店の古書ありがたき

創造とは、伝統に何かを付け足すことだ、といわれる。誇りを知らぬ根なしぐさでは、どうしようもない、と思い、こんな句を詠《よ》んだことがある。幸いに、これが、平成十二年九月二十三日の『朝日新聞』長野版の俳壇に載ったので、大いに意を強くしている。

たとえば、浦野芳雄著『俳句鑑賞論』（昭和八年）には、「何しろ、日本が真に世界に誇り得るものは皇室と、皇軍と、俳句なんだが、〈俳句とは何ぞや〉と問われて、満足の答の出来る人が天下に幾人かある。古今の無数の俳人が、俳句を知らずして、俳句を作っているのだから恐れ入る。もしも花鳥諷詠だという答が出来たら、上乗の方であろう。さりとて真の国民の誇りが、花鳥諷詠では、余りにも心細いではないか」とある。

また、有賀可成著『赤化思想の根源』（昭和四年）には、「歴史上の事実として、民族信仰の伝統を維持してきているものは、我が皇国民族とユダヤ民族だけである」とあり、さらに「一神教は空想を無鉄砲にたくましくして、得手勝手にこね上げた人工的の神を中心とする信仰だ。人倫の自然にまかせて無理のない仕組に、高等なる人類の特性を鋳込んだという点が少しも見えないところの、専制、独断、革命、破壊、略奪の一神であった」とある。

日本の伝統は理論よりも事実を尊重する。神にしても頭で勝手にこね上げたものではない。皇室が総本家であるところから、上御一人《かみごいちにん》をはじめ皇祖皇宗は国民が挙《こぞ》って神として崇敬し奉《たてまつ》り、国に功労のあった偉人・英雄・戦死者等も国民共同の神として崇敬する。また、祖先崇拝の習俗から、家々の祖先は神として崇拝し、仏教も日本においては祖先が仏になる。日本仏教は堕落した葬式仏教などとさげすんではいけない。日本は、太古から皇室を中心とする一元大和《だいわ》の国であった。道元も解脱《げだつ》宗教としての仏教を稽古《けいこ》（いにしえをかんがえる）の仏道へと日本化している。解脱仏教は、二元対立の人々を、般若《はんにゃ》の知恵の回復を経て、一元大和へと導く。

知識と知恵とは違う。知識は外から入るが、知恵は内から出る。日本の伝統に「和魂漢才《わこんかんさい》」がある。大和魂は知恵に、才は知識に当るものとすれば、この大和魂が、太古からの事実を守ってきたのではなかろうか。なお、日本は君民一体の皇室中心主義だから国体を護持し、外国は君民対立の君主制だから革命を強行した。

大東亜戦争の末期、日本の言論界は「国体護持」を高唱して国民を導いた。

東京府中の大国魂神社に、「忠魂永存」と題する巨大な石碑が立っている。撰者は徳富蘇峰翁である。「但《た》タ所謂《いわゆる》昭和十六年ノ大東亜戦争ニ於テハ其ノ主旨固《もと》ヨリ自存自衛ノ已ム可《べ》カラサルニ出テタルモノ乃《すなわ》チ外国勢力カ我国ヲ包囲シ我国家ノ生存ヲ脅《おびや》カシタル為メニ已ムヲ得サルニ出テタル自衛的戦争ナルコトハ戦後十有余年今ヤ世界識者ノ公論ト為ス而シテ其ノ緒戦《しょせん》ニ於テ驚天動地ノ偉勲ヲ打出シタルニ拘《かか》ハラス当事者其大計長策ヲ誤リ遂ニ国史未曾有《みぞう》ノ不幸ナル終結ヲ齎《もたら》シタルハ痛嘆ニ堪ヘサル所ナリ然モ此レカ為メニ東亜民族ノ覚醒自主ノ動機トナリ東亜ノ局面ヨリ人種的不平等ノ植民地的風習一掃ノ気運ヲ発起セシムルノ功徳《くどく》ニ至リテハ世界史上ノ偉勲豊功ト云ハサルヲ得ス」

戦争の勝敗は、武力戦だけで、きまるものではない。クラウゼウィッツの『戦争論』を引用するまでもなく、戦争の目的が国の政治目的の達成にあることは自明の理である。昭和十八年秋、戦時下の東京に、タイ・ビルマ・インド・フィリッピン・中国・満州の六首脳が参集して、「大東亜会議」が開かれたが、そこでの「大東亜共同宣言」に大東亜戦争の目的が明記されている。その眼目は、植民地の解体と「万邦をして各々のその所を得しめる」という新秩序の建設にあった。これに対して敵側の太平洋戦争の目的は旧秩序の維持にあったことはいうまでもない。戦争を後世に伝えるといっても、『太平洋戦争史観』のみではどんなものか。『諸君』誌に載った、江藤淳氏の「十二歳の宰相たち」のことが思い出される。

終戦日昔原爆今テロル

「終戦ノ詔書」は、武力以外の手段をもってする敵の追撃戦を前にして、一大障壁として立ちはだかった。「敵ハ新《あらた》ニ残虐《ざんぎゃく》ナル爆弾ヲ使用シテ頻《しきり》ニ無辜《むこ》ヲ殺傷シ惨害《さんがい》ノ及フ所真ニ測《はか》ルヘカラサルニ至ル而《しか》モ尚交戦ヲ継続セムカ終《つい》ニ我カ民族ノ滅亡ヲ招来スルノミナラス延《ひい》テ人類ノ文明ヲモ破却スヘシ」とあり、また「茲《ここ》ニ国体ヲ護持シ得テ」というお言葉も拝される。しかし、「敗戦」の一語もなく、あくまでも「終戦」、すなわち戦争の終結があるのみである。

本書の刊行に当たり、文芸社のスタッフの方々には大変にお世話になった。深甚の謝意を表する。

著者プロフィール

柴田 長次（しばた ちょうじ）

大正15年長野県大町市平借馬に生まれる。平成2年4月より新聞・雑誌への投句を始める。現在、入選句は2000句をこえる。
句集に『昼餉茶屋』（文芸遊人社、平成10年、1000句入選記念句集、八王子市高尾なか幸店主三上雅司氏刊行）、『鬼やらひ』（大法輪閣、平成11年）がある。

平成13年9月 「黒姫俳句会」入会
同年10月 「安曇野句会」入会（『朝日新聞』長野版「俳壇」入選者の有志）

現住所：長野県北安曇郡松川村7033-43 村営住宅3-1

句集 色変へぬ松

平成15年 1月15日 初版第1刷発行

著 者 柴田 長次
発行者 瓜谷 綱延
発行所 株式会社文芸社
〒160-0022 東京都新宿区新宿1－10－1
電話 03-5369-3060（編集）
03-5369-2299（販売）
振替 00190-8-728265

印刷所 株式会社フクイン

ISBN4-8355-5006-4 C0092